LE

PETIT-MARGNY

PAR

M. Arthur BAZIN

Membre titulaire de la Société historique de Compiègne

COMPIÈGNE

IMPRIMERIE HENRY LEFEBVRE

31, RUE DE SOLFÉRINO, 31

1900

BM
COMPIÈGNE

F-MO
2168
(6)

LE
PETIT-MARGNY

PAR

M. Arthur BAZIN

Membre titulaire de la Société Historique de Compiègne.

COMPIÈGNE

IMPRIMERIE HENRY LEFEBVRE

31, RUE DE SOLFERINO, 31

1900

LE PETIT-MARGNY

Le Petit-Margny est très intéressant à décrire parce que son emplacement fut le théâtre de la prise de Jeanne-d'Arc, parce que ce fut là le terme de sa mission divine qui était de souffler le patriotisme au cœur des Français démoralisés, de ressaisir le royaume qui se laissait prendre et de galvaniser ce roi indolent qui se contentait du titre de roi de Bourges. Malgré lui, malgré ses conseillers traîtres à leur patrie, elle fut la libératrice de la France. Mais pour consacrer sa gloire, il lui manquait l'auréole du martyre, et Compiègne était désigné par les décrets de la Providence pour être le début de son calvaire. C'est à quelques mètres d'un petit pont dormant[1], trop étroit et encombré de fuyards, que Jeanne d'Arc fut prise, sous les yeux de Guillaume de Flavy qui ne bougea pas et qui avait suivi, du haut des remparts, toutes les péripéties de la lutte dans la *prée* de Margny. Car il n'y avait, à cette époque, dans cette plaine ni arbres, ni maisons pour masquer la vue.

Au quinzième siècle, Margny était séparé de Compiègne par de vastes prairies dont la plus grande partie, quatre-vingts arpents environ, appartenait à la Ville qui les affermait. La commanderie du Temple en possédait aussi une assez grande étendue située près du grand pont et l'avait cédée aux gouverneurs attournés moyennant une rente annuelle de 20 livres parisis, par acte du 29 septembre 1590. (En 1693, cette rente avait été portée à 43 livres, 15 sols.)

Ces prés avaient été donnés aux habitants de Compiègne par le roi Philippe-Auguste, d'après une charte de 1208 (avril

1. Appelé depuis petit pont de la Pucelle.

à octobre), avec tout ce qui lui appartenait dans le village de Margny ainsi que sa prévôté, compris les profits et droits de la Justice royale, consistant dans le greffe, les amendes et le droit de pêche dans la mare[1]. Un chemin[2] qui fut l'objet de réparations en 1448 et par lequel Jeanne d'Arc et sa troupe durent passer pour attaquer les Bourguignons, venait du grand pont et conduisait directement sur les bords de cette grande agglomération d'eau formée par les débordements de la rivière. Cette mare[3] était exploitée par la Ville elle-même, et le revenu qu'elle en tirait annuellement devait être assez élevé, car le droit de pêche fut contesté aux gouverneurs attournés par Michel Vaterre, médecin du duc d'Orléans et seigneur de Margny. Mais ceux-ci, d'après une sentence de Mre Lagnier, lieutenant général de Senlis, rendue le 19 août 1532, furent maintenus et gardés en la possession de la pêche de la mare. Les archives communales font mention d'une de ces fructueuses opérations qui eut lieu le 21 juin 1630 et pour laquelle il fut dépensé 10 livres 10 sols, compris le salaire des pêcheurs.

Cette contestation du droit de pêche dans la mare ne fut pas la seule; Jean de Vaterre, nouveau seigneur de Margny, poursuivit les attournés pour payer des taxes faites sur le greffe de cette prévôté[4], mais ceux-ci en furent déchargés par arrêt du 25 mars 1615, « à cause que ledit greffe est du patrimoine de la Ville et chargé de plusieurs rentes qui en consomment les revenus[5]. »

1. Delisle. Cartulaire de Philippe-Auguste. N° 1079.

2. Appelé le chemin de Margny.

3. En 1430, au siège de la ville, une bastille avait été faite à la mare de Margny par les habitants de la ville.

4. La prévôté de Margny comprenait Margny, le Petit-Margny jusqu'au milieu du vieux pont de Compiègne, en venant de Margny, puis Venette et Saint-Germain.

5. Dossier de plusieurs pièces faisant mention que la Ville a payé finance pour jouir de 4 deniers pour cent sur les sommes procédant des ventes par décret des biens qui s'adjugeront en la prévôté de Margny, attendu que le greffe d'icelle appartient à ladite Ville, et pour lors, tous les greffiers du bailliage et prévôté de Compiègne ont aussi acquis séparément pareils droits dans les juridictions. (*Archives communales*. DD.)

Indépendamment de ses prairies, la Ville possédait hors la porte du pont, le long du fossé entourant le ravelin, un jardin qu'elle bailla à louage le 12 juillet 1582. Elle était encore propriétaire au même endroit de sept lots de terrains et jardins qui furent concédés à plusieurs particuliers, moyennant un cens annuel, le 23 mars de la susdite année.

Le 19 août 1608, les attournés firent, de nouveau, procéder au bailliage à l'adjudication de ces sept places à prendre depuis le fossé du petit pont dormant conduisant à Venette jusqu'à celui de la Pucelle d'Orléans. Les acquéreurs construisirent snr ces terrains des habitations, à la charge par eux de payer, tous les ans, une redevance, et de souffrir la démolition de leurs maisons, s'il convenait de le faire pour le service du Roi ou l'utilité de la Ville, sans pouvoir prétendre aucune indemnité. C'est ce qui arriva en 1636, au moment où les Espagnols s'apprêtaient à mettre le siège devant Compiègne. Pour assurer la défense de la place, le gouverneur de la ville, le vicomte de Brigueil fit abattre ces maisons qui pouvaient gêner le tir de l'artillerie et servir d'abri aux ennemis.

Cet emplacement fut occupé par une série de constructions constituant le faubourg appelé le Petit-Margny et situées dans l'ordre suivant, en commençant du côté de Venette. C'étaient :

I. *L'hôtel de Saint-Claude.*
II. *L'hôtel de l'Épée.*
III. *L'hôtel du Petit Saint-Antoine.*
IV. *L'hôtel de la Pucelle-d'Orléans.*
V. *L'hôtel de Saint-Vincent ou du Bienvenu.*
VI. *L'hôtel de Saint-Nicolas.*

I. — Hôtel de Saint-Claude.

Il existait à Compiègne une confrérie dite de Saint-Claude qui avait, dans une chapelle de l'église Saint-Antoine, son autel dédié à l'ancien archevêque de Besançon. On y voit encore un tableau le représentant étendu sur la paille et recevant le viatique. Les selliers et les tourneurs l'avaient choisi comme patron, et il avait la propriété de protéger contre le feu du ciel et l'incendie les maisons où sa statue était nichée.

Chaque année, les membres de la confrérie se rendaient en procession à la Croix Saint-Claude, au Petit-Margny, à l'endroit où se trouvait autrefois une chapelle élevée en souvenir du passage du saint à Compiègne, d'après la tradition.

Sur l'emplacement occupé par cette croix, Claude de Bray, acquéreur d'une des sept places mises en adjudication, fit construire une maison qu'il baptisa du nom d'*hôtel de Saint-Claude*, et au fronton de laquelle il fit pendre comme enseigne l'image de ce saint si populaire dans la ville. L'engouement était porté à un tel point que beaucoup de Compiégnois préféraient le pèlerinage de Saint-Claude en Franche-Comté à celui de Notre-Dame de Liesse beaucoup plus rapproché[1].

Il existait encore un hôtel de Saint-Claude dans la rue de la Corne-de-Cerf, et un autre du même nom dans la rue du Vieux-Pont; aussi, pour éviter la confusion, on appelait souvent celui du Petit-Margny, l'*hôtel du Grand Saint-Claude*. C'était une taverne où l'on hébergeait les voyageurs. Les affaires prospéraient, et Claude de Bray qui avait agrandi son jardin d'un terrain de 25 verges, baillé par la Ville le 1er octobre 1646, devait à la Saint-Remy, 22 deniers obole de cens et 6 livres 5 sols de surcens.

Pierre Ledoyen qui lui succéda, eut la bonne fortune de profiter des bénéfices produits par le camp que le Roi avait ordonné de faire en 1675, dans la prairie, pour le logement des troupes destinées à la campagne de Flandre. Au mois

1. En 1723, Jean Boucher, garçon âgé de 12 ans, fils de défunt Philippe Boucher et de Marie Touzet, du faubourg Saint-Lazare, est allé en pélerinage à Saint-Claude en Franche-Comté. Il a été noyé dans un puits où il est tombé par accident en cherchant des noisettes dans des buissons un peu écartés du grand chemin, lorsqu'il passa de Say en Montagne, bailliage de Poligny, diocèse de Besançon, en Franche-Comté. A quoi étaient présents, Jean Duberteuil et Jean-Charles Merlier, garçons dudit faubourg Saint-Lazare, qui étaient allés en pélerinage avec lui.

de mai de cette année, il reçut la somme de 36 livres pour dépenses de bouche faites en son hôtellerie par les valets de la Ville qui avaient été employés à recevoir les pailles et autres choses nécessaires à construire les baraques devant abriter les soldats.

Jean Catoire[1] qui vint ensuite était fils de François Catoire, nacellier, qui fut en 1615, chargé par les gouverneurs attournés, de conduire avec sa nacelle, du poisson pour le présenter de leur part au maréchal de Bois-Dauphin, ainsi qu'à d'autres seigneurs de son armée logés à Verberie. Il ne réussit pas dans son commerce ; sa maison, les bâtiments et le jardin, le tout d'une contenance de 12 verges, furent saisis et vendus le 23 novembre 1690, par adjudication, en la prévôté de Margny. Denis de Crouy, conseiller du Roi, receveur des tailles des deniers communaux et d'octroi, ainsi que son neveu, Nicolas de Crouy, bourgeois, en firent l'acquisition, et payèrent 37 livres 10 sols de droits seigneuriaux.

Dès lors, l'hôtellerie changea de destination et devint une maison bourgeoise habitée par les nouveaux propriétaires. Mais, ne s'y plaisant plus, ceux-ci la revendirent à Nicolas Hourdé, marchand teinturier, et Suzanne Legrand, sa femme, par acte passé devant Demor, notaire, le 3 octobre 1696. Ces jeunes gens mariés depuis le 4 janvier 1690, avaient fait l'acquisition de cette maison pour être à proximité de l'hôtel de Saint-Nicolas, où demeurait leur sœur et belle-sœur, Madeleine Hourdé, veuve en premières noces de Louis Flammermont et en secondes noces de Jérôme Daniel, tous deux maîtres du pont de Compiègne[2]. Aussitôt installés dans leur immeuble, ils prirent en pension et logèrent chez eux un nommé Jean Ricard, écuyer, porte-étendard de la compagnie de M. le maréchal duc de Noailles, des gardes

1. Lundi 18 juillet 1729, Jean Catoire le jeune, fils de la veuve Jean Catoire, fut assigné ainsi que son compagnon Henri Laruelle, pour désordres par eux commis le jour d'hier sur les dix heures du soir, rue Porte Notre-Dame, et avoir causé par là une émotion populaire. Ils furent condamnés tous les deux à cinquante sols d'amende.

2. Les maîtres du pont étaient en 1630, Jean Dolé, et en 1642, François Béjot.

du corps du Roi, capitaine, châtelain et gouverneur du château de Brainebacque, vallée de Barousse en Comminges. Mais cet homme d'armes qui habitait le lieu de Salechamp dans la même vallée et qui était actuellement en garnison dans la ville, tomba malade dans la maison du teinturier et y mourut le 31 décembre 1696[1].

Nicolas Hourdé étant décédé sans enfants, son frère Jean Hourdé, aussi marchand teinturier, demeurant rue du Port-à-la-Buche, et sa sœur, héritèrent de l'hôtel Saint-Claude. Ils avaient pour voisin à cette époque, Claude Bouillette, seigneur de Janville, entrepreneur des ponts et chaussées, architecte et constructeur du nouveau pont de Compiègne.

Pour surveiller de plus près les travaux que lui avait confiés le roi Louis XV, il avait fait l'acquisition d'une maison appartenant à Mademoiselle Marie Henniet, veuve du sieur Antoine Delamarre, par contrat du 6 mars 1730, devant Loisel, notaire à Compiègne. Cet immeuble consistant en plusieurs chambres basses, cuisine et fournil, cours, écuries, remises, caves, jardins, le tout d'une contenance de 75 verges, tenait d'un côté aux héritiers de Nicolas Hourdé et de l'autre au jardin d'un arpent qui appartenait à la Ville. Il était chargé de 22 deniers, obole de cens, et de 15 livres de surcens.

Le 21 septembre suivant, Claude Bouillette, par acte passé devant Loisel, obtint et prit possession de la totalité du fossé de la demi-lune sise hors la porte du vieux pont. Le contrat était ainsi libellé :

« Louis de Gaya, chevalier, major et commandant pour le Roi de la ville de Compiegne, et en cette qualité jouissant des revenus des ravelins, remparts, forts, tours, tant en dedans qu'en dehors de la ville, déclare avoir baillé et délaissé à titre de surcens et rente viagère, propriétaire et non remboursable, au sieur Claude Bouillette, architecte, entrepreneur du pont de Compiègne, le terrain total du fossé de la demi-lune, à prendre depuis le pont sur lequel

1. Brainebacque et Saléchamp, communes du canton de Mauléon Hautes-Pyrénées).

on passe pour aller de Compiègne à Montdidier et Noyon, et retournant jusqu'à un autre pont sur le chemin de Venette, faisant le contour de ladite demi-lune avec les deux revers en dedans desdits fossés, bornés d'un côté contre le premier pont, par le terrain appartenant audit sieur Bouillette, ainsi qu'il est dit par le contrat passé devant le même notaire, le 19 octobre 1729, d'autre côté au chemin qui passe entre ledit fossé et *la Pucelle d'Orléans*, conduisant aux prés de la Ville, et dans le retour de l'autre fossé conduisant au pont du chemin de Venette, tenant vers ladite demi-lune aux nommés Flammermont, Ferry et Raux, et d'autre vers la prairie, à partir d'icelle, et à l'héritage du nommé Hourdé. A prendre lesdits fossés, le tout cependant de manière que cela ne puisse pas arrêter l'écoulement des eaux, lors des débordements de la rivière [1]. »

Lorsque Bouillette eut terminé le Pont-Neuf, le Roi, pour le récompenser, lui accorda par brevet toute la superficie du ravelin, les fossés qui l'environnaient, ainsi que les dépendances, sur lesquelles il fit bâtir, en 1736, des habitations, le long de la chaussée de Venette, après avoir fait fermer de murs le terrain du ravelin.

Le 25 octobre 1750, Bouillette demanda à la Ville de prendre à cens et surcens seigneurial une partie de terrain inculte formant un cul-de-sac rue de Paris, appelé *le cul-de-sac de la Treille*, contenant 13 toises 5 pieds et 8 pouces de longueur, depuis le coin de la maison de *la Charité* jusqu'au pied du rempart.

Se trouvant logé trop à l'étroit et voulant agrandir l'immeuble qu'il avait acquis de la veuve d'Antoine Delamarre, il acheta le 4 avril 1736, aux héritiers de Nicolas Hourdé, la maison voisine de la sienne. Cette acquisition fut consentie moyennant 1,800 livres de principal ; 1,000 livres furent payées comptant, les 800 livres restantes devaient être payées dans six mois, avec intérêts à raison du denier vingt jusqu'au jour du paiement. En outre des droits seigneuriaux fixés à 90 livres, l'acquéreur devait 6 livres, 6 sols, 8 deniers par an de cens et de surcens à l'Hôtel de

1. *Archives municipales*, DD.

Ville, 75 sols de rente aux RR. PP. Cordeliers de Compiègne et 7 livres 1 sol de rente restante à rembourser de 34 livres 2 sols à M. Charles-Marie Coustant, conseiller du Roi, son procureur au bailliage de Compiègne.

Ces deux maisons réunies en une seule formèrent la demeure de Claude Bouillette et furent désignées sous le nom d'*hôtel du grand Saint-Claude*.

Le 12 avril 1740, il agrandit encore sa propriété, en prenant à cens de l'Hôtel de Ville un jardin d'un arpent clos de haies qu'il fit entourer de murs.

Ses deux frères, Jacques[1] et Claude, étaient aussi entrepreneurs des ponts et chaussées de la généralité de Paris. Le premier, qui habitait la paroisse Saint-Antoine, avait une fille Louise et un garçon nommé Raoul. Celui-ci reprit la place de son père et ajouta à son nom celui de de Chambly, comme son beau-frère, M. de Croüy de Chambly, maître chirurgien, qui habitait rue de Paris, près de l'*hôtel des Limaçons* et près du *cul de sac de la Treille*.

Propriétaire de l'*hôtel de la Cloche*, l'architecte Bouillette touchait tous les ans la somme de 10 livres, que lui allouaient les échevins, suivant le contrat du 21 février 1749, pour l'entretien de la couverture en ardoise de cette maison et afin de lui conserver l'uniformité de sa façade donnant sur le marché au blé, avec le bâtiment des Consuls appartenant à la Ville.

Il mourut subitement à l'âge de 78 ans, au mois de février de l'année 1755 et fut inhumé dans l'église de Margny, en présence de son neveu, Bouillette de Chambly, de Tournemeule, chanoine de Saint-Clément et de Lalouette, son parent.

Il n'était pas en très bons termes avec ses deux frères ; mais, n'ayant pas d'enfants, il avait porté toute son affection sur son neveu et sa nièce qu'il institua ses légataires universels. Raoul hérita de l'*hôtel du Grand Saint-Claude*

---

1. Saint-Antoine, mercredi 6 avril 1757. Inhumation de Me Jacques Bouillette, entrepreneur des Ponts-et-Chaussées, âgé de 65 ans, en présence de Raoul Bouillette de Chambly, entrepreneur des Ponts-et-Chaussées, son fils, et de Me Claude Bouillette, aussi entrepreneur, son frère.

et Louise de l'*hôtel de la Cloche*. Après l'avoir habité pendant plusieurs années, Bouillette vendit son immeuble le 7 décembre 1763, à M. Claude Humbert Piarron de Chamousset, chevalier, demeurant à Paris, place du Chevalier du Guet, paroisse Saint-Germain-l'Auxerrois, et la déclaration en fut faite à la ville, le 17 mars 1764, par l'entremise du fondé de pouvoirs de l'acquéreur, André Chapuy, maître de la poste aux chevaux de Villeneuve-Saint-Georges, demeurant à Charenton.

Il est curieux de voir apparaître ici ce fameux philantrope et sociologue[1] à qui les mutualistes veulent élever à Paris, en l'an 1900, un monument digne de lui. Mais les archives municipales, pas plus que les registres paroissiaux, ne donnent aucune trace de son séjour à Compiègne, et nous ignorons dans quelle intention il avait fait l'acquisition de de cette maison. Ce n'était pas pour l'habiter pendant les voyages de la Cour ; nous inclinons plutôt à croire que, séduit lui aussi par les idées des économistes Quesnay et Turgot, il s'était métamorphosé en cultivateur et qu'il avait eu le dessein d'y établir un établissement de culture. Ce qui nous le fait supposer, c'est que, dans le courant de l'année 1763, il avait fait élever une construction importante sur une partie de ces bâtiments occupés par la brasserie Ancel et appelés *hôtel des Bœufs*, parce qu'il y avait rassemblé un assez grand nombre de ces animaux qu'il destinait au labour des terres.

A l'*hôtel des Bœufs* fut réuni, plus tard, l'*hôtel de Beauvais* qui commença par être un pavillon, bâti en 1720 par l'Évêque de Beauvais, Antoine de Beauvillers de Saint-Aignan, pour s'y loger pendant le séjour de la Cour au château de Compiègne. Le roi Louis XV, devenu possesseur de cet immeuble, le donna, en 1733, à Claude Bouillette, pour le récompenser de l'activité qu'il avait déployée dans la construction du pont neuf de Compiègne. La première pierre en

1. Piarron de Chamousset, né en 1717, était maître des Comptes et intendant général des hôpitaux militaires. On lui doit l'idée de la petite poste aux lettres de Paris, et c'est d'après ses plans que furent créées les Compagnies d'assurances. Il fut inhumé au mois d'avril 1773 dans les caveaux de Saint-Nicolas du Chardonnet.

avait été posée solennellement le 12 mai 1732, et l'année suivante, le pont était livré à la circulation. Pour faire ces travaux, on avait détourné le cours de l'Oise qui passa derrière le Petit-Margny.

II. — Hôtel de l'Épée.

Cette maison avait été bâtie sur la quatrième des sept places baillées par la Ville les 19 et 20 août 1608. Elle appartenait primitivement à Pierre Fournier le Jeune, maître chapelier et à Louis Bruyant, maître fourbisseur. Ce dernier qui demeurait sur le Change, lui avait donné comme enseigne une épée, signe distinctif de son industrie alors en pleine prospérité. Il était le fournisseur attitré de l'Hôtel de Ville et lorsque les attournés furent obligés en 1638 par le commandement du roi Louis XIII d'envoyer en Picardie neuf soldats tout équipés, ce fut lui qui leur fournit neuf épées pour la somme de 24 livres tournois, et six baudriers de buffle ordinairement portés avec épées par les six valets de Compiègne employés au service du public, tant en logements de gens de guerre qu'en garde faite pour le service du Roi et la sûreté de la Ville.

Il vendit sa maison du Petit-Margny le 22 juin 1681, à Charles Flammermont, maître du pont de Compiègne et Françoise Bourgé, sa femme, moyennant la somme de 2400 livres. Elle était située près le petit pont dormant de Venette, tenait d'un côté aux héritiers de Mathieu Thiou, maréchal, d'autre à Gilles Godet, teinturier, et était chargée envers la seigneurie de l'Hôtel de Ville de 78 sols parisis de sens et surcens.

Avec le produit de la vente de cet immeuble, Louis Bruyant fit l'acquisition, le 30 octobre suivant, de la maison appelée *le Puits d'or*[1], sise sur la place du Change et y installa son industrie.

1. Le 30 octobre 1681, par devant Henri de Billy et Jean Deblois, notaires à Compiègne, Louis Bruyant, maître fourbisseur, demeurant à Compiègne acheta une maison ci-devant en deux parties, consistant en plusieurs chambres hautes et basses, grenier, caves, lieux et pourpris, sise sur la place du Change, à présent appelée *le Puits d'or*, tenant

Il mourut le 1er mars 1692. Sa fille, Antoinette Bruyant, épousa le 3 septembre 1697, Pierre Hersan, maître boulanger, rue des Pâtissiers, veuf de Radegonde Legrand, et son fils, Charles Bruyant, maître fourbisseur, prit pour femme Marie Hersan, fille du premier lit de Pierre Hersan, le 1er décembre 1703.

Il existait aussi sur la place du Change un *hôtel de l'Épée*, qui tenait à *l'hôtel des Faucilles* et qui servait en 1676, de maison d'habitation à Antoine Morlière, chirurgien et Marie Legrand, sa femme[1].

III. — Hôtel de Saint-Antoine.

Le 27 novembre 1628, la Ville bailla à Antoine Vuarnet, moyennant 3 livres, 2 sols, 9 deniers de cens et surcens un emplacement de 84 pieds de face et 42 pieds de profon-

d'un côté à Jean Pezar, d'autre à Louis Auxœufs, d'un bout par devant sur ladite place, et par derrière à Louis Dufeu, à cause de *l'hôtel de l'Arbalète*, acquise par ledit Bruyant par licitation faite en prévôté de cette ville, entre Jean Lejeune, demeurant à Soissons, Pierre Lejeune et Adrien Pintrel, sergent, demeurant à Compiègne et Marie Lejeune, sa femme, Charles Hersan, Catherine Lejeune, sa femme, Nicolas Le Plat et Marie Paterre, sa femme, et Réné Huart, tuteur des enfants de défunt Flourent Paterre et Anne Lejeune ; tous lesdits Lejeune, enfants de défunt Jean Lejeune et de Radegonde Ledoyen. leurs père et mère.

1. Vendredi 6 novembre 1676, Antoine Morlière, chirurgien et Marie Legrand, sa femme, furent mis en possession d'une maison appelée *hôtel de l'Épée*, sise sur la place du Change, tenant d'un côté à M. Antoine Lion, prêtre, curé de Choisy-au-Bac, d'autre à la veuve Jean Jourdain, d'un bout par devant sur ladite place du Change et par derrière à la veuve Jourdain, à charge de 20 sols parisis de cens, 6 sols parisis de surcens, et 4 chapons à l'Hôtel de Ville à la Saint-Remy. La dite maison acquise d'Alexandre Legrand, maître chirurgien à Compiègne et Françoise Poulletier, sa femme, suivant contrat devant Jean de Blois et Henri de Billy, le 10 juillet 1676, à charge de 111 sols 2 deniers de rente à la Table-Dieu des pauvres. Payé 66 livres de droits seigneuriaux.

Reçu 200 livres de Marguerite Lefèvre, veuve de Jean Gé et ses enfants pour les droits seigneuriaux de l'acquisition par eux faite de M. Jean-Marie Leduc et dame Anne-Gabrielle de Navarre, son épouse d'une maison sise à Compiègne, sur le Change, appelée *l'hôtel de l'Épee*, par contrat devant Barbe, le 25 mai 1764.

deur, sur laquelle l'acquéreur construisit une maison appelée *hôtel de Saint-Antoine*, parce que, d'après la tradition, s'élevait autrefois à cet endroit une chapelle sous le vocable de ce saint. Cette habitation bourgeoise de petites dimensions tenait d'un côté à un nommé Jumeaux et à une place vide, d'autre côté au fossé du petit pont, par devant à la chaussée qui conduit à Venette et par derrière au ravelin.

Après le décès d'Antoine Vuarnet, sa veuve Andrée Lambin qui n'avait pas eu d'enfants de son mariage, voulut laisser après elle des marques de sa charité envers les pauvres renfermés, et lorsqu'elle mourut le 5 octobre 1677, elle légua sa maison à l'hôpital général de Compiègne, au grand détriment de ses neveux et nièces. Mais ceux-ci, mécontents d'être déshérités, attaquèrent sa donation devant la cour du parlement et réussirent à obtenir gain de cause.

Ils prirent possession de l'immeuble revendiqué qui devint plus tard la propriété de Marie-Angélique Duhamel, veuve en premières noces de Guillaume Depau et en deuxièmes noces d'Antoine Vandeuil, ainsi que celle de Charles-Joseph Lebègue, imprimeur et appointé au régiment royal de Vaisseaux, compagnie de la Fargue, en garnison à Valognes, en Basse-Normandie. Ces deux propriétaires indivis le vendirent à Timothée Chevreaux, maître menuisier, par contrat devant Boitel, notaire à Compiègne, le 30 décembre 1770. Celui-ci ayant fait de mauvaises affaires, ses créanciers mirent en adjudication en 1789, sa maison qui fut achetée par Antoine Jourdain, bourrelier, moyennant 3500 livres.

On l'appelait aussi *l'hôtel du petit Saint-Antoine* pour le distinguer de *l'hôtel Saint-Antoine*[1], situé rue de Pierrefonds et appartenant à Mʳᵉ Jean le Caron, avocat en parlement.

1. Le 29 janvier 1699, Nicolas Guilbert, seigneur de Launoy, conseiller du roi, maître des eaux et forêts de Compiègne, a été mis en possession d'une maison sise rue de Pierrefonds, appelée hôtel de Saint-Antoine, tenant d'un côté à M. Jean Le Caron, receveur des tailles, d'autre côté et par derrière au sieur Guilbert et par devant sur la rue. Adjudication faite par le lieutenant général de Compiègne, en date du 5 août 1698. Icelle provenant de Charles Leféron, seigneur de l'Hermitte et Joseph Leféron, son petit-fils. Ayant remis au sieur Guilbert les droits seigneuriaux,

IV. — Hôtel de la Pucelle d'Orléans.

Lors de l'adjudication, le 19 août 1608, des sept places appartenant à la Ville et situées hors la porte du pont, un nommé Arthur Julien acheta le premier et le deuxième lot.

Sur cet emplacement, il construisit une maison qu'il appela *hôtellerie de la Pucelle d'Orléans*, en souvenir de Jeanne d'Arc, parce que d'après la tradition, c'était à cet endroit même que l'héroïne aurait été prise, alors que le 23 mai 1430, vers six heures du soir, elle cherchait à atteindre le petit pont dormant appelé depuis *pont de la Pucelle*.

L'hôtellerie qui était située tout près de ce pont, formait l'encoignure d'un chemin passant contre le fossé de l'éperon et conduisant à la prairie ainsi qu'à la mare de Margny. Ce passage très fréquenté était une bonne aubaine pour l'hôtelier qui devait la réputation de sa maison à cette situation exceptionnelle. L'enseigne qui se balançait au-dessus de sa porte et représentait l'innocente victime des Anglais, la vue de l'endroit fatal qui décida de son sort, en face la belle perspective de la grosse tour dite de Charles le Chauve, des remparts de la ville, du grand pont avec ses maisons et sa porte fortifiée, tout rappelait aux patriotes cet affligeant épisode du siège de 1430 et leur faisait consommer, dans la discussion, force pots de vin.

A Arthur Julien succédèrent, en 1653, Jean Fauchart et Barbe Rivière, sa femme. Ils vendaient beaucoup de ces vins de Bourgogne que la rivière d'Oise amenait à Compiègne en si grande abondance et ne se plaignaient pas trop de la dureté des temps. Mais lorsque la Ville leur réclama le droit de forage ou autrement dit une redevance de quatre pots de vin pour chaque muid vendu en détail, et deux pots par muid vendu en gros, ils refusèrent de payer, ainsi que Marie Payen, veuve de Simon Prévost et la veuve Jean Catoire, tenancières des hôtelleries voisines. Du reste, cet impôt exorbitant rencontrait beaucoup de résistance de la part des taverniers de la ville qui se recommandaient chacun de leurs seigneuries respectives pour se soustraire à cette redevance et faire échec à la seigneurie de Compiègne dans laquelle elles se trouvaient enclavées. Cette opposition concertée entre les débitants de boissons et encouragée par les différents couvents de la localité donna lieu à d'interminables procès qui aboutirent enfin à la reconnaissance des droits légitimes de l'Hôtel de Ville.

Les hôteliers du Petit-Margny, tout en admettant que leurs maisons appartenaient à la seigneurie de Compiègne, prétendaient être exempts du droit de forage, attendu qu'elles étaient situées dans le faubourg, hors la porte du pont et dans l'étendue de la prévôté de Margny

De son côté, Jean de Vaterre, seigneur de Margny, fils de Michel de Vaterre, médecin du duc d'Orléans[1], prétendait, par sa requête d'intervention du 23 mai 1653, avoir droit de forage sur les maisons dépendant de sa seigneurie et sur celles des trois hôteliers ci-dessus désignés qui étaient de la seigneurie de Margny.

Il affirmait que cette terre et seigneurie appartenant primitivement à l'abbaye de Saint-Lucien de Beauvais, avait été aliénée en 1577, en faveur de son père, par les religieux de ce domaine, moyennant la somme de 1,635 livres, et que ceux-ci avaient abandonné ensuite en 1630 tous leurs droits sur la paroisse de Margny, alors que le cardinal de Richelieu était abbé commendataire de Saint-Lucien.

La Ville alléguait pour sa défense que le sieur de Vaterre n'était pas seigneur de Margny, mais seulement d'un fief vulgairement appelé le fief de Boulainvilliers, situé au village de Margny, dans lequel il y avait un prévôt royal ayant toute justice, haute, moyenne et basse, sur tous les sujets et censives dudit village. Qu'en outre, ce dernier était distingué en plusieurs seigneuries dont une appartenait aux religieux de Saint-Lucien de Beauvais et l'autre à un fermier de l'abbaye de Saint-Corneille.

En 1555, lettre du baron de Jumel attestant que Michel Vaterre médecin du duc d'Orléans est à Marienbourg pour le service du Roi

(Archives municipales.)

Les gouverneurs de la Ville en concluaient qu'ils étaient plus seigneurs de Margny que le sieur de Vaterre. Ils demandaient qu'il lui fût défendu de prendre la qualité de seigneur de Margny, mais seulement celle de seigneur du fief de Boulainvilliers et qu'il fut condamné aux dépens.

Jean Fauchart fut-t-il déchargé du droit de forage, Jean de Vaterre fut-t-il dépossédé de son titre soi-disant usurpé ? Nous ignorons la suite donnée à ce différend par la Cour du Parlement.

Lorsque Jean Fauchart vint à décéder, sa veuve et sa fille héritèrent toutes deux par moitié de l'*hôtellerie de la Pucelle-d'Orléans*, qu'elles continuèrent à tenir ensemble pendant plusieurs années. Mais Catherine Fauchart ayant épousé Augustin Goré, maître mulquinier, et Barbe Rivière ayant convolé en secondes noces avec Nicolas Moreau, marchand, il fallut liquider la situation. C'est pourquoi l'hôtellerie fut mise en vente et acquise, le 20 juillet 1673. par Nicolas Chambellan [1] et Christine Boullenois, sa femme.

Elle fut achetée, moyennant la somme de 4,700 livres pour une fois, et encore 16 livres, 13 sols, 4 deniers de rente remboursable de 300 livres vers l'hôpital des pauvres renfermés, outre les 6 livres 10 sols tournois de cens et surcens vers la Ville.

L'ensaisinement ne se fit que le 2 septembre 1677, à la charge par l'acquéreur de payer annuellement les cens et surcens aux gouverneurs attournés, qui se réservèrent toujours la faculté de faire abattre et démolir ladite maison quand cela serait jugé convenable et nécessaire à la Ville.

L'hôtellerie consistait en deux chambres basses et une cuisine, en trois chambres hautes et greniers au-dessus, le tout recouvert de tuiles. Dans la cour, se trouvaient des écuries couvertes de chaume et un petit fournil aussi couvert de tuiles. A la suite de la cour existaient deux jardins ;

---

1. En 1730, Guillaume Loudier possédait une maison proche celle de Nicolas Chambellan, qui acheta la sienne par contrat devant Laurent Copin et Claude Picart, notaires à Compiègne.

le premier, qui était le plus petit, était fermé de murailles : l'autre, situé derrière et touchant à la prairie, était entouré de haies vives.

Nicolas Chambellan était le gendre de Jean Boullenois et de Christine Pinson, sa femme, laboureurs à Saint-Germain. Lorsque ses beaux parents décédèrent, il hérita d'eux d'une partie de l'*hôtel de la Pie*[1], situé rue de Pierrefonds, de sept quartiers de terres sablons au terroir de Compiègne, proche *le chemin de Saint-Corneille*, et de deux mines de terres sablons proche *le cimetière des huguenots*.

Non seulement il exerçait la profession d'hôtelier, mais encore celle de charretier et de loueur de chevaux pour le transport des voyageurs. Les gouverneurs attournés eurent plusieurs fois recours à ses services dans différents déplacements qu'ils furent obligés de faire à Monchy pour y saluer Monseigneur le maréchal d'Humières, gouverneur de la ville, et notamment le 17 octobre 1684, où Nicolas Chambellan leur loua deux chevaux et une *bourrique*, moyennant le prix de 60 sols.

Il avait passé titre nouvel et reconnaissance de son hôtellerie le 10 août 1678, par acte devant de Blois, notaire, la déclarant chargée des cens et surcens vers l'Hôtel de Ville. Mais depuis cette époque jusqu'à son décès, il s'était obstiné à ne pas vouloir payer cette redevance, se retranchant derrière les prétendus droits de la seigneurie de Margny dont sa maison faisait partie.

Le Procureur du Roi, à la diligence du receveur des deniers patrimoniaux, fit assigner au bailliage de la ville,

1. Lundi 25 avril 1678, le sieur Guilbert, secrétaire du Roi, fut ensaisiné de trois cinquièmes de l'*hôtel de la Pie*, sis en la rue de Pierrefonds, tenant d'un côté vers le midi à Emmanuel Flambremont, Mr Roch de Billy et Antoine Picard, d'autre à l'*hôtel Saint-Antoine* et audit sieur Guilbert ; d'un bout par devant sur ladite rue et par derrière aux demoiselles de Sacy et audit sieur Guilbert. Ladite maison acquise de Pierre Boullenois, laboureur à Venette, Nicolas Chambellan *au Petit-Margny*, et Christine Boullenois, sa femme, Flourent de Ligny, laboureur à Saint-Germain-les-Compiègne, et Anne Boullenois, sa femme, moyennant 900 livres, par contrat passé devant Jean de Blois, et Henri de Billy, le 17 décembre 1676.

Christine Boullenois, sa veuve, tant en son nom que comme tutrice de son fils, Jean Chambellan, maître tonnelier, et obtint contre elle, le 19 mai 1713, une sentence qui la condamna à payer 29 années d'arrérages des 6 livres 10 sols de cens et surcens, comme aussi à passer titre nouvel au profit de l'Hôtel de Ville.

Christine Boullenois était décédée depuis cette sentence et l'*hôtellerie de la Pucelle d'Orléans* passait, en 1737, entre les mains de Louis Motel qui avait épousé Marie-Jeanne Chambellan, la petite fille de son prédécesseur. Comme lui, le nouveau maître de l'hôtellerie resta sourd à toutes les réclamations de la Ville, ne lâchant pas une obole. Il attendait les évènements, ne paya aucun cens et ne daigna même pas passer titre nouvel.

Cette situation anormale ne pouvait cependant pas se prolonger plus longtemps. Malgré tout, ce ne fut que douze ans après, le 26 janvier 1749, que les gouverneurs attournés. par requête au bailliage de Compiègne, firent assigner Louis Motel pour être condamné au paiement des 29 années d'arrérages dûs à la Ville.

C'est alors qu'eut lieu, comme on devait s'y attendre, l'intervention du nouveau seigneur de Margny. Car Jean de Vaterre était décédé, laissant une succession des plus obérées. Sa seigneurie qui était échue en partage à sa sœur, demoiselle Françoise de Vaterre, veuve de Charles Lecointe, seigneur de Brétigny et à sa femme, demoiselle Blanche Desprez, remariée avec Louis de Fournel[1], seigneur de Beauregard, fut saisie à la requête de Louis de Neufville, seigneur de Forest, principal créancier. Elle fut vendue le 9 février 1666, ainsi que le *fief de Boulainvilliers* et achetée par le duc d'Humières, moyennant la somme de 53.500 livres. La Ville avait formé opposition à cette vente,

1. Margny-lès-Compiègne. 10 mai 1663. Mariage de Mᵉ Louis Fournel, chevalier, seigneur d'Autrebois, Beauregard, de la paroisse d'Autrebois, avec la dame Blanche Desprez, veuve de Mᵉ Jean, seigneur de Margny, par suite de l'aliénation de la seigneurie par l'abbaye de Saint-Lucien de Beauvais. Le mariage fut célébré en présence de Henri de Carbonnel, seigneur d'Harleville et de Nicolas Gaudefreau, demeurant à Autrebois.

ainsi que le curé de Margny, les religieux de Saint-Corneille et ceux de Saint-Lucien de Beauvais. Mais il avait été passé outre à ces oppositions.

Les héritiers du duc d'Humières, et en cette qualité, seigneurs de Margny, répondirent à l'assignation faite par la Ville à Louis Motel, en s'adressant à la Cour du Parlement et firent valoir énergiquement leurs droits soi-disant méconnus. Ils étaient puissants, bien vus du Roi ; c'était la lutte du pot de terre contre le pot de fer, la Ville allait l'apprendre à ses dépens.

Par extraordinaire, et chose inouïe dans les annales de la justice où la lenteur est proverbiale, le Parlement fut très-expéditif à trancher le différend, et par commission du 5 février 1749, arrêta : « que ledit Motel sera tenu de continuer à payer à la seigneurerie de Margny les cens et les surcens par lui dûs à cause de l'*hôtel de la Pucelle d'Orléans*, qui est dans la censive de ladite seigneurie, sur laquelle les échevins de Compiègne prétendent, mal à propos, avoir droit ».

Une autre contestation surgit encore entre la Ville et Louis Motel. Celui-ci s'était emparé sur la seigneurie de Margny d'un chemin qui passait entre le fossé du ravelin et sa maison, ayant 12 pieds de large sur 240 pieds de longueur, tenant d'un bout par devant sur la chaussée de Compiègne à Venette, vis-à-vis la rivière, et d'autre bout à un grand fossé provenant des terres prises sur la prairie de la Ville pour la construction de la chaussée de Compiègne à Margny, lors de la construction du pont neuf, en 1731.

Le Procureur du Roi ayant été informé de cette usurpation, fit sommer le sieur Motel de représenter le titre en vertu duquel il avait pris et fermé un chemin conduisant de la chaussée de Venette à la prairie de la Ville, appelé *chemin de Saint-Just*, et auquel l'auberge de *la Pucelle d'Orléans* tient d'un côté vers midi. Comme il ne put naturellement satisfaire à cette sommation, il fut, sans autre forme de procès, condamné à 1200 livres de dommages et intérêts envers la Ville pour lui tenir lieu de ce qu'elle aurait retiré depuis que le sieur Motel s'était emparé dudit chemin, avec les intérêts de cette somme et les dépens.

Cette fois, la Ville avait bien pris sa revanche et triomphait à son tour.

Le seigneur de Margny n'avait exercé aucune revendication et s'était prudemment tenu coi.

L'hôtellerie resta entre les mains de la famille Motel jusqu'en 1855, devint ensuite une brasserie qui n'existe plus et est aujourd'hui remplacée par une habitation bourgeoise portant le numéro 5 de la place du *Marché aux Fourrages.* Sur le fronton de cette maison, la Société Historique de Compiègne, mue par un sentiment de piété et de reconnaissance envers celle qui sauva la Patrie, a fait poser une plaque de marbre blanc, sur laquelle on lit cette inscription commémorative : *Le 23 mai 1430, vers six heures du soir, Jeanne d'Arc a été prise sur cet emplacement.*

V. — Hôtel de Saint-Vincent ou du Bienvenu.

Cet hôtel appartenant primitivement à un nommé Mathieu Thiou, consistait en une maison, cour et jardin, le tout ayant 72 pieds de face, et 208 pieds de profondeur. Il était bâti sur la troisième et la moitié de la quatrième place faisant partie des sept places situées hors la porte du pont. Il tenait d'un côté à l'*hôtel de Saint-Nicolas*, d'autre à celui de *la Pucelle d'Orléans,* et devait, tous les ans, à la Saint-Remy, 6 livres, 8 sols, 3 deniers de cens et surcens.

Au décès de son père, sa fille Barbe Thiou, veuve d'Eustache Jouy, marchand marinier, demeurant à Paris, rue Saint-Honoré, paroisse Saint-Eustache, hérita de l'*hôtel de Saint-Vincent* et en fit la déclaration à la Ville le 24 septembre 1698, devant Laurent Thibault et Jean Deblois, notaires.

Après elle, l'immeuble échut à deux propriétaires différents : Pierre Warmé, meunier du moulin *des Avenelles* et *Petit Moulin* de Clairoix, et Marie-Jeanne Lefèvre, sa femme ; Jean Delaforge, marchand à Chauny, et Marie-Anne Menu, sa femme. Pierre Warmé devenu veuf avec deux fils Pierre et Antoine, épousa en secondes noces Marie-Barbe Vaillant qui lui en donna un troisième, nommé Pierre-Claude. Ce dernier devint plus tard marchand orfèvre à Compiègne et épousa le 20 octobre 1778, Marie-Agnès de Billy, fille mineure de Marie-Antoine-Léon de Billy, aussi marchand orfèvre et de Marie-Agnès Raux, sa femme,

Au décès de Pierre Warmé en 1745, la part qu'il possédait dans l'hôtel revint à sa veuve, à Antoine Warmé, meunier du moulin de Fitz-James, proche Clermont-en-Beauvaisis et à Claude Lefèvre, meunier du moulin Louvet, paroisse de Cambronne.

Le 27 mars 1770, Jacques-Denis Fillion, dit la Feuillade, maître cordier, demeurant au Petit-Margny, acheta à Jean-Pierre Warmé, meunier du moulin de Canly et Marie-Catherine Dervillé, sa femme, les trois quarts de la moitié de l'*hôtel de Saint-Vincent*, le tout indivis avec Pierre-Claude Warmé, garçon orfèvre à Saint-Germain-en-Laye, auquel l'autre quart appartenait. Cette dernière partie fut vendue au maître cordier le 20 septembre 1781.

L'autre moitié de l'hôtel qui était la possession de Jean Delaforge, échut à François-Alexandre Malézieu, marchand, demeurant à Chauny, et Marie-Anne Delaforge, sa femme, par suite d'héritage. Mais ceux-ci la vendirent le 10 septembre 1765, à Honoré Vougny, maître du pont de Compiègne, et Marie-Thérèse Vaugeleau, sa femme.

VI. — Hôtel de Saint-Nicolas.

L'hôtel était bâti sur un emplacement ayant 48 pieds de face, vis-à-vis la chaussée conduisant à Venette et 18 pieds de profondeur. Il comprenait une maison, cour, grange et écurie, tenait d'un côté à l'*hôtel de Saint-Vincent*, d'autre côté à la maison de Charles Hourdé et était chargé de 4 livres, 17 sols, 6 deniers de cens et surcens.

Au début, Simon Prévost et Marie Payen, sa femme, y vendaient du vin et y logeaient des voyageurs, en 1653.

Après eux, en 1681, l'hôtellerie changea de destination et devint une maison bourgeoise. Elle était habitée par Charles Flammermont[1], maître du pont de Compiègne,

1. 11 juin 1697. Saint Antoine. Mariage d'Antoine Flammermont, garçon âgé de 22 ans, fils de Charles Flammermont, maître du pont, demeurant sur la paroisse de Margny et de Marie Lambin, avec Jeanne Lenain, âgée de 25 ans, fille de défunt Nicolas Lenain, teinturier, et de Françoise Roussel.

qui avait épousé Françoise Bourgé et s'était remarié après le décès de cette dernière, avec Marie Lambin, veuve de son voisin, Charles Hourdé.

En 1698, Barbe Thiou, veuve d'Eustache Jouy, déjà propriétaire de la maison contiguë appelée l'*hôtel de Saint-Vincent*, fit l'acquisition de cet immeuble qui plus tard fut racheté par Madeleine Hourdé, veuve en premières noces de Louis Flammermont, et en secondes noces de Jérôme Daniel. Celle-ci le vendit ensuite à Pierre Boulet, maître du pont de Compiègne, le 3 février 1741. 500 livres de droits seigneuriaux furent versées à la Ville pour cette acquisition.

Il fut acheté en dernier lieu par Honoré Vougny, marchand marinier, maître du pont de Compiègne[1] et Marie-Thérèse Vaugeleau, sa femme, demeurant à côté dans l'*hôtel de Saint-Vincent*, suivant contrat devant Girault l'aîné, notaire à Paris, le 10 décembre 1760.

Il existait aussi près de la porte des Jacobins un *hôtel de Saint-Nicolas*, vis à vis le prieuré de Saint-Nicolas-au-Pont, mais il était à usage d'auberge.

Maisons d'Antoine Menu.

Il existait encore près de l'*hôtel de Saint-Nicolas* plusieurs habitations n'ayant aucune enseigne ni appellation quelconque, mais que l'on désignait habituellement sous le nom de *maisons d'Antoine Menu*. Elles consistaient d'abord en une grande maison avec cour et jardin, chargée de 2 sols, 6 deniers de cens et de 6 livres, 8 sols, 9 deniers de surcens.

[1]. A l'angle de la rue des Lombards, existe une curieuse maison en bois hourdé surmontée d'un étage en encorbellement et qui a conservé une partie de son architecture de la Renaissance. Au siècle dernier, cette maison était la demeure d'un maître du pont. C'était le chef d'une corporation importante appelée *les Compagnons de l'Arche*, qui avait ses privilèges, sa bannière, son autel dédié à Saint Nicolas dans l'église Saint-Jacques, et dont les membres servaient de pilotes pour diriger les bâteaux sous le vieux pont de Compiègne. Honoré Vougny a donné comme ex-voto à la chapelle de N.-D. de Bon-Secours un tableau où il est représenté avec la perspective du Pont-Neuf.

Tablettes d'histoire locale, par E. Coët.

Contre le pignon de cette maison était adossé un bâtiment construit sur une place ayant 15 à 16 pieds de long sur 13 à 14 pieds de face, et chargé de 2 deniers obole de cens et de 10 sols de surcens.

Ensuite venait une autre grande maison à porte cochère, composée d'une cuisine et d'une chambre basse, de chambres hautes au premier, et mansardes au dessus, d'une cour, écurie, remise et magasin, le tout construit sur un terrain ayant 47 pieds de face du côté du Pont-Neuf sur 49 pieds du côté de la prairie et chargé de 3 deniers de cens et de 8 livres de surcens.

Ces différentes maisons appartenaient en 1681 à Charles Hourdé et Marie Lambin, sa femme, en 1740, aux héritiers Panneton et en 1746, à Antoine Menu.

François Graux, marchand marinier, demeurant au port Mailloquet, paroisse de Saint-Germain-les-Compiègne, et Marie-Catherine Menu, sa femme, furent déclarés adjudicataires des maisons susdites par décret forcé et poursuivi au bailliage de Compiègne, en date du 17 juillet 1770, et les revendirent le 7 octobre suivant à Nicolas Canlers, marchand hôtelier au Petit-Margny.

Il existait encore, en fait d'hôtel, celui de la *Pourvoirie* construit en 1776 près du Pont-Neuf, pour les services du château. C'est aujourd'hui l'*hôtel de Flandre* ainsi appelé parce qu'il se trouve sur la route de ce nom.

Indépendamment des hôteliers que nous avons cités, il y avait encore au Petit-Margny plusieurs industriels, entre autres des teinturiers. Ceux-ci se trouvant près de la rivière avaient plus de commodité que dans la ville où il leur était interdit de jeter aucune eau de teinture dans les rues et enjoint de la porter dans des tinettes pour la déverser dans l'Oise.

En 1681, nous y remarquons Gilles Godet ; en 1697, Simon Bonvalet et Marie Vidier, sa femme, François Bien, Nicolas Lenain, et Françoise Roussel, sa femme.

Au mois d'avril 1722, Nicolas Pillebin, soi-disant teinturier, et Toussaint Baril, aussi teinturier, vinrent s'établir au Petit-Margny. Comme on ne les connaissait pas et qu'ils étaient étrangers à la ville, ils furent invités à comparaître le 5 mai suivant à l'audience du lieutenant-général de police. Là, Pillebin ayant déclaré qu'il avait fait son apprentissage à Paris, il lui fut ordonné de communiquer au tribunal, en dedans la quinzaine, son brevet d'apprentissage, et à Baril, de justifier de ses prétendues lettres de maîtrise et privilèges.

En 1728, Jean Julien, potier renommé, qui avait sa fabrique et son four installés *rue des Petites-Écuries*, fut obligé de quitter cette rue par suite de l'incommodité et du danger d'incendie que causaient son industrie aux chevaux et aux équipages des brigades des gardes du corps du roi, ses voisins. Il alla s'établir au Petit-Margny, mais cessa de fabriquer de la poterie. Il installa une tuilerie, qu'il céda, en 1744, au sieur Guibout qui en fit une briqueterie. Un membre de cette famille l'exploitait encore en 1850[1].

En 1782, logeait au Petit-Margny un nommé Duforet, directeur d'une troupe de comédiens dont faisait partie le sieur Ringard demeurant chez M. Blanchard, *rue Royale*, à Compiègne, et qui fit beaucoup trop parler d'elle par suite des graves désordres qu'elle occasionna dans le théâtre de la ville.

En 1789, les officiers municipaux de Compiègne furent en lutte avec les habitants du Petit-Margny et du faubourg Saint-Germain, qui s'étaient érigés en municipalités particulières, indépendantes de la ville. Le Petit-Margny se réunit alors à la commune de Margny ayant pour maire, à cette époque, François de Montbayen.

Déjà ils avaient eu recours aux personnes les plus influentes : à Mathieu de Montmorency, au duc de Luynes, à Le Féron, à Mathieu de Mirampal et à d'autres députés, afin d'obtenir un décret réunissant ces deux communes à celle de Compiègne. Enfin, au mois de décembre 1790, ils adressèrent au député Dauchy[2], alors membre du Comité d'impositions, la lettre suivante :

1. Graves *Description du canton de Compiègne.*
2. Dauchy, (Hue-Jacques Edouard), naquit à Saint-Just en-Chaussée le 13 octobre 1757. Son père était un modeste cultivateur, propriétaire de l'auberge de l'*Image de Saint-Nicolas*. En 1789, il fut un des quatre députés nommés par le bailliage de Clermont aux États-Géné-

Instruits, Monsieur, par un de nos collègues de vos disposi-
tions amicales et paternelles envers les Compiégnois, nous pre-
nons la liberté de réclamer l'appui de votre bienveillance. Nous
espérons que malgré l'importance de vos occupations vous vou-
drez bien nous prêter le secours de votre zèle patriotique auprès
de l'Assemblée nationale. Cette confiance nous rassure dans ce
moment où nos adversaires nous ont devancés, et s'étayent du
crédit de quelques protecteurs.

Daignez, Monsieur, accueillir notre demande, et daignez nous
aider à vaincre les obstacles que la malveillance oppose hardi-
ment à la tranquillité, à la sûreté, à la prospérité de notre ville ;
le civisme dont ses habitants sont animés, vous est un gage de
la vive reconnaissance dont les pénétrera ce service important.

LES OFFICIERS MUNICIPAUX.

A l'appui de leur demande, les officiers municipaux
avaient joint un long mémoire dans lequel ils développaient
les raisons qui devaient rattacher les communes du Petit-
Margny et de Saint-Germain, à celle de Compiègne dont elles
n'étaient que des faubourgs, n'ayant d'ailleurs aucune res-
source particulière et ne pouvant subvenir aux frais d'une
commune indépendante.

Comme ses collègues du département de l'Oise, le député
Dauchy promit son appui aux Compiégnois dans une lettre
qui les remplit de joie et d'espérance. A cette missive, il avait
ajouté une brochure politique. Aussi, les officiers municipaux s'empressèrent-ils de le remercier en ces termes :

Monsieur, nous avons reçu avec reconnaissance le cadeau que
vous venez de nous faire. Cet ouvrage, le fruit du patriotisme le
plus pur, est bien fait pour dessiller les yeux de tant de citoyens
dégradés, honteusement asservis par des tyrans subalternes,
d'autant plus cruels qu'ils étaient eux-mêmes députés, investis de
l'autorité souveraine. Heureusement, ce siècle d'horreur n'est plus.

raux. En 1791, il présida plusieurs fois l'Assemblée constituante. Il
devint en 1795, président de l'Administration du département de l'Oise;
il siégea ensuite au Conseil des Cinq-Cents et fut nommé en 1800, pré-
fet de l'Aisne, lors de l'organisation des préfectures. Il devint commandeur de la Légion d'honneur, comte de l'Empire, et commandeur
de la Couronne de Fer. Il mourut à Saint-Just le 27 juillet 1817. *Tablettes d'Histoire locale*, par E. Coët.

Nous vous remercions donc et de l'envoi et de la lettre gracieuse qui l'accompagnait. Agréez notre reconnaissance et l'assurance de notre adhésion complète à votre acte de patriotisme [1].

Enfin, après bien des démarches, la ville de Compiègne obtint le 6 janvier 1792, un décret ordonnant que les faubourgs Saint-Germain et du Petit-Margny, feraient retour à Compiègne pour ne former qu'une seule et même municipalité [2].

Le Petit-Margny comptait, au xviiie siècle, 25 à 27 feux et ses habitants faisaient partie de ce qu'on appelait la paroisse de Saint-Nicolas.

En 1793, alors que Compiègne était débaptisé et s'appelait Marat-sur-Oise, le Petit-Margny dut subir aussi la loi commune ; on le gratifia du nom harmonieux de faubourg de la Régénération.

Les Prés de la Ville.

C'était dans la vaste prairie de Margny qu'avaient lieu les tournois habituels où les nobles, les seigneurs, les chevaliers et même les bourgeois joutaient entre eux de la lance, à pied ou à cheval. Les jouteurs étrangers y venaient en assez grand nombre, soit de Paris, de Senlis, de Saint-Quentin, d'Amiens et de Doullens, les uns avec bannières, les autres sans, et plusieurs accompagnés de leurs manants.

Ces exercices militaires, annoncés une année d'avance, étaient l'occasion d'une grande fête qui attirait de tous les environs un concours considérable de peuple. Sur les prés de la Ville, se dressaient des échafauds couverts, décorés de tapis orientaux, de pavillons dorés, de bannières, de banderoles de toutes couleurs et d'écussons armoriés. La foule des spectateurs s'y pressait depuis les rois jusqu'aux chevaliers, avec les conseillers, les maréchaux de camp, les juges spéciaux et leurs dames. Un droit seigneurial appelé la tierce était perçu sur ces joutes qui faisaient vivre tous les marchands de la ville et en particulier les taverniers.

Le 14 juin 1237, eut lieu dans la prairie de Margny, un

1.-2. *Tablettes d'histoire locale*, par E. Coët.

grand tournoi à l'occasion du mariage de Robert, comte d'Artois, frère puîné du roi Saint-Louis, avec la comtesse Mahaut de Brabant.

Le tournoi le plus renommé fut celui donné à l'occasion de l'hommage rendu par Thomas de Savoie, comte de Flandre et par la comtesse Jeanne, sa femme, au roi Louis IX en l'an 1238. Une foule de seigneurs français et flamands portant les plus grands noms de leur pays y figurèrent et tinrent à honneur d'y rompre bon nombre de lances sous les yeux de leur puissant suzerain.

Si les étrangers venaient dans notre ville faire montre de leur adresse, deux bourgeois de Compiègne, Cordelier Poulet et Simon de Saint-Omer, assistèrent à leur tour à des joutes données à Rouen, sous Philippe le Bel.

Cordelier Poulet figura encore en 1331, aux fêtes des Trente et un Rois de Tournai, fête comprenant joute à pied et à cheval, concours d'arc et d'arbalète. D'autres Compiégnois l'accompagnaient : Jacques Lescrivent, Jehan Picquepain et ses manants, Jehan Murs et ses manants, Piurart de Serembaix et son manant[1].

Le 6 juin 1406, un tournoi fut encore donné dans la plaine de Margny, à l'occasion des fiançailles de Jean de Touraine, deuxième fils de Charles VI, alors âgé de huit ans, avec Jacqueline de Bavière, fille de Guillaume, comte de Hainaut, et de celles de Charles d'Orléans avec Isabelle, fille de Charles VI, sa cousine germaine.

Tous ces tournois qui compromettaient la récolte des foins, n'empêchaient pas la Ville d'affermer les prés au plus offrant et dernier enchérisseur.

En 1425, ils étaient loués la somme de 10 livres au capitaine de Compiègne, Raoul de Hallus, nommé à ces fonctions le 18 janvier de la même année, par le duc de Bedford, régent de France, pour le compte du roi d'Angleterre.

En 1429, ils étaient adjugés, pour la somme de 36 livres

---

1. *Les Compiégnois à la fête des Trente et un Rois à Tournai, en 1331,* par le comte de Marsy. (*Bulletin de la Société historique de Compiègne,* tome VII, page 235. Jacques Lescrivent ou Lescrivain.)

parisis, à Jehan Langelé, marchand boucher, dont la femme s'était distinguée, dans la journée du 10 mars 1424, en consentant à faire partie de la députation féminine qui allait solliciter du régent Bedford la grâce de la ville.

C'est dans cette prairie que, le 23 mai 1430, Jeanne d'Arc, quelques moments avant sa prise, eut avec les gens du seigneur Jean de Luxembourg une série d'engagements, « Elle les rebouta par deux fois jusqu'au logis des Bourguignons, et, à la tierce fois, jusqu'à mi-chemin. Sur ce, les Anglais, qui là étaient, lui coupèrent les chemins à ses gens et à elle. En se retirant, elle fut prise dans les champs, sur le côté qui regarde la Picardie, tout près du boulevard. Entre Compiègne et le lieu où elle fut prise, il n'y avait que la rivière et le boulevard avec son fossé [1]. »

Lesdits prés pour l'an 1430 furent de nul profit pour le fait du siège qui fut cette année devant Compiègne, depuis le mois de mai jusque vers la Toussaint [2].

En 1431, ils furent donnés à Guillaume de Flavy, capitaine de la Ville, pour le récompenser des services qu'il avait rendus pendant le siège.

En 1456, ils furent affermés 32 sols parisis à Jehan Hélart dit Petiot, sergent du roi, et Tassart Soustremy, maître de l'*hôtel du Barillet*.

En 1590, par acte du 29 septembre, la Ville reconnut devoir à la commanderie du Temple, une rente de 20 livres sur le pré de Compiègne touchant au grand-pont.

En 1631, Jehan Blandin, maître de l'*hôtel de Saint-Adrien* [3], et Antoine Leroux, fermiers des prés appartenant à la Ville, remontrèrent aux gouverneurs attournés que, pendant le séjour de la reine-mère, Marie de Médicis, à Compiègne, séjour qui avait duré cinq mois entiers, depuis le 16 février jusqu'au 18 juillet, ils avaient souffert de grandes pertes par suite des dégâts commis dans les prés, tant par les trois compagnies du régiment des gardes, le détachement des gendarmes, que par les chevau-légers logés au

---

1. *Procès de Jeanne d'Arc*, T. I, p. 116.
2. *Archives de Compiègne*, CC. 13, f°s 5 et 6.
3. Situé rue d'Estrées, fief des Tournelles.

faubourg de la ville et villages de Saint-Germain, Venette et Margny, comme aussi par les officiers carossiers et muletiers de ladite dame. C'est pourquoi les requérants suppliaient qu'il leur fût fait remise d'une certaine somme sur le fermage échu. Leur demande étant justifiée, il fut fait droit à cette légitime réclamation.

En 1636, les prés étaient loués à Philibert de Crouy, marchand, possesseur de la dixième partie du moulin à eau sis sur le pont de Compiègne, proche l'*hôtel de Saint-André*. Mais les Espagnols ayant passé la rivière de Somme, les habitants des villages d'alentour étaient venus se réfugier en foule dans la prairie avec leurs bestiaux. En outre, pour mettre la ville en état de défense, les gouverneurs avaient fait construire un second pont dormant du côté de Margny[1]. Tous ces travaux exécutés dans les prés situés en face, avaient détruit une certaine partie de la récolte des foins, ce qui donna lieu à une réclamation de la part de la veuve de Philibert de Crouy, Anne Martin qui, sur ses deux années de fermages échues à la Saint Jean-Baptiste de l'année 1638, obtint une diminution de 40 livres.

Après elle, Nicolas Ledoyen et Jehan du Clerc, furent adjudicataires de la prairie de la Ville pour les années 1639, 1640 et 1641. Ils espéraient faire la dépouille de l'année 1641 qui avait été fort stérile à cause de la grande sécheresse ; il y avait alors, dans les prés, une assez forte quantité d'herbes de foin plus que suffisante pour récompenser les locataires de la perte qu'ils avaient subie par suite de la sécheresse des années précédentes. Mais, pour comble de malheur, au mois de juin 1641, était arrivé un régiment de Suisses, celui de Nanteuil et de Poitou, lesquels avaient fait demeure entière dans la ville et les faubourgs pendant l'espace de trois semaines entières.

Pendant ce temps, les capitaines et soldats, ainsi que d'autres personnes, avaient fait entrer leur chevaux et « fait paître en pâture iceux dans la prairie. »

Ils avaient commis de tels désordres que tout avait été

1. Archives de Compiègne, DD. Le vieux pont de Compiègne, p. 22 et 23.

saccagé, qu'il ne restait plus rien sur pied, et cela, malgré les remontrances et empêchements réitérés des fermiers, malgré les défenses faites aux officiers par Monseigneur de Bragelonne, commissaire général de la maison de France, défenses qui avaient été publiées à son de tambour par les carrefours de la ville. Après une expertise des dégâts commis, il fut reconnu qu'il y avait une perte des deux tiers des herbes et foins.

En conséquence, les gouverneurs attournés firent remise aux sieurs Ledoyen et du Clercq de six vingt-dix-huit livres d'une part, pour les diminutions prétendues et de douze livres de l'autre, pour les frais de visitation avancés par eux.

Le 11 février 1654, Claude Cronnier, maître de la poste aux chevaux et tenancier de l'*hôtellerie de la Pie*, située rue de Pierrefonds, prit à loyer la prairie de la Ville qu'il sous-loua l'année suivante à Emmanuel Camay. Celui-ci exposa qu'au mois de mai de l'année 1655, pendant le séjour du roi Louis XIV, à Compiègne, les prés avaient été mangés et pâturés par les chevaux étant à la suite de la cour de Sa Majesté, malgré toutes les plaintes et remontrances faites à ce sujet. Il demandait humblement qu'il plaise aux gouverneurs attournés de lui accorder la remise pleine et entière de sa redevance, puisqu'il leur avait été certifié qu'il n'avait tiré aucun profit desdits prés, ne les ayant pas fait faucher.

Sa réclamation n'ayant pas été admise, Camay n'hésita pas à intenter un procès à la Ville, procès qui, comme tous ceux d'alors, fut interminable. Il fallait être doué d'une patience à toute épreuve pour attendre les arrêts de la justice et on espérait bien qu'il se lasserait en abandonnant sa cause. Mais le poursuivant était tenace et persista dans sa revendication, qui était d'ailleurs assez importante. Il eut lieu de se féliciter de sa persévérance, car le 7 juin 1659, il obtint gain de cause. A cette date, le receveur des deniers patrimoniaux, Gilles Charmolue, reçut l'ordre de faire remise à Emmanuel Camay de la somme de 280 livres tournois, montant de la redevance de l'année 1655, à condition que ce dernier paierait comptant au receveur le total des sommes dues par lui pour les autres années de loyer desdits prés, années échues au jour de saint Jean-Baptiste dernier.

La réclamation du sieur Camay, même avant le prononcé du jugement, avait eu l'heureux résultat de donner à la Ville une leçon profitable pour ses finances. Car, au mois de mai 1657, pendant les douze jours que le Roi séjourna à Compiègne du 8 au 20, trois manouvriers, les sieurs Jean Dauffrin, Jean Bleuet et Adrien Bertillot, furent chargés de garder et soigner la prairie de la Ville pour empêcher que les chevaux et bestiaux étant à la suite de la cour de Sa Majesté n'allassent paître dans les prés. Ils reçurent, pour cette besogne, la somme de 27 livres tournois, dépense préférable à la perte entière d'une année de fermage.

Par suite de cette mesure énergique, les locataires successifs n'eurent plus lieu d'adresser de plaintes à l'échevinage au sujet de leur récolte plus ou moins endommagée, et, par conséquent, ne donnèrent plus lieu à certaines particularités ou incidents pouvant nous intéresser. C'est pourquoi, la nomenclature des noms, des dates des baux avec le montant des loyers deviendrait fastidieuse. Nous nous contenterons de citer en avant dernier-lieu, Louis Laudigeois, marchand de bois, entrepreneur des camps et armées du Roi, demeurant au Petit-Margny, qui, par bail du 26 février 1772, fut déclaré adjudicataire de la prairie sur laquelle il construisit des écuries pour le service du Roi, pendant ses séjours à Compiègne. L'autorisation en avait été demandée par Monseigneur le duc de La Vrillière, ministre et secrétaire d'État, aux officiers municipaux qui firent, à cette occasion, avec le preneur un bail à cens par lequel celui-ci prenait trois arpents dans la pièce en contenant trente-trois, à la charge par lui de payer à la seigneurie de la Ville 30 livres de cens foncier par chaque arpent.

Ce locataire maria sa fille Alexandrine Laudigeois dans l'église de Margny, le 20 juillet 1784, avec Louis-Victor Carbonel, chevalier, lieutenant à la suite des dragons, fils mineur de Louis de Carbonel, chevalier, seigneur d'Herleville, capitaine au régiment de Navarre, chevalier de l'ordre militaire de Saint-Louis et de dame Geneviève de Monsures.

Une partie des trois arpents désignés ci-dessus fut cédée

par Louis Laudigeois à Messire Edme Pierre François, chevalier, seigneur de Montbazon [1], mestre de camp de dragons, qui venait d'acheter une maison au Petit-Margny et avait besoin de ce terrain pour agrandir son jardin.

Enfin le dernier locataire qui continua d'affermer la prairie de la Ville jusqu'au moment où elle fut vendue à plusieurs acquéreurs, fut le sieur Gabriel Rey, maître de la poste et tenancier de l'*hôtellerie de Saint-Nicolas* près la porte des Jacobins. Par bail du 26 juin 1774, il payait à la Ville 34 livres par arpent.

1. Sa femme, Marie-Suzanne Fontenoy-Prudhomme fut inhumée à Margny le 26 décembre 1788.

PIÈCES JUSTIFICATIVES

Vente de la Seigneurie de Margny.

Seigneurie de Margny, mardi 9 février 1666, en l'auditoire du Roi à Compiègne.

A la requête de Mʳ Guy Vestu, greffier des juges consuls de Compiègne, sera procédé à la délivrance des fiefs, maison, terre et seigneurie de Margny, saisis sur demoiselle Françoise de Vaterre, veuve de Charles Lecointe, écuyer, seigneur de Brétigny, héritière par bénéfice d'inventaire de défunt Jean de Vaterre, écuyer, seigneur de Margny, son frère, et sur demoiselle Blanche Desprez, sa femme, et des terres appartenantes en propre à ladite demoiselle Blanche Desprez, saisies au terroir de Margny, pareillement saisies à la requête de Louis de Neufville, écuyer, seigneur de Forest, sur Louis de Fournel, écuyer, seigneur de Beauregard, et ladite demoiselle Blanche Desprez, à présent sa femme, ordonné être vendues conjointement.

Outre, lesquelles choses, sera aussi procédé à la vente du fief de Boulainvilliers, sis à Bienville et ès environs.

Mᵉ Claude Lefèvre, procureur des attournés gouverneurs, s'est opposé à la vente de la seigneurie de Margny qui appartient à la ville de Compiègne, comme étante aux droits du Roi.

Comme aussi s'est opposé le curé de Margny, présent, assisté de Mʳ Simon Delamarre, son procureur, afin que sur toute la terre et dixmes ecclésiastiques il lui soit donné une portion congrue suivant la disposition des ordonnances et des arrêts, si mieux n'aime le délaissement desquelles dixmes, ce qu'il soutient lui devoir être adjugé, sinon proteste, en cas qu'il soit passé outre, de se pourvoir et que l'énonciation que le poursuivant a faite en l'affiche au préjudice de l'opposition qu'il a formée ne lui puisse préjudicier.

Il sera passé outre à la vente desdites choses exposées à la charge de l'évènement de l'opposition du curé de Margny qui demeurera à la charge de l'adjudicataire et lettres aux opposants de ce qu'ils ont soutenu que la demande du sieur curé doit être intentée contre les gros dixmeurs ecclésiastiques et à Delavallée, procureur des religieux de Saint-Lucien de Beauvais.

Opposant ledit sieur Lefèvre, procureur des gouverneurs attournés, étant aux droits du Roi, pour les droits féodaux, qui seront dûs à cause de la vente de la ferme de Saint-Lucien de Beauvais, terres, héritages et droits aliénés, ainsi qu'autres biens ecclésiastiques dont ils ont requis lettres, même des foi et hommages, autres droits et devoirs non faits que leur avons octroyés.

Opposant de Saint-Paul, procureur du seigneur de Verneuil, seigneur par engagement des domaines de Senlis et Compiègne, lequel a réitéré l'opposition ci-devant formée, et ce, faute de droits et devoirs non faits par ledit feu seigneur de Margny et de ses héritiers, à cause de la seigneurie de Margny, relevant du Roi.

Lagnier l'aîné, procureur des religieux de Saint-Corneille, a dit que ce n'est assez de faire la présente exposition à la charge de six vingt livres de surcens dûs auxdits religieux, mais encore d'une année d'arrérages échue au jour de Saint-Martin d'hiver dernier passé, pourquoi il soutient que ladite vente doit être faite à cette charge et que ladite vente ne puisse préjudicier aux autres droits féodaux, censuels et autres desquels ils entendent se conserver en leurs droits.

Opposant, Claude de Vallon, écuyer, seigneur de Bienville, qui a dit que selon le don et transport à lui fait par Mre Louis de Crevant, marquis d'Humières, de la faculté de retirer par puissance de seigneurie ledit fief de Boulainvilliers, relevant en foi et hommage dudit seigneur d'Humières, à cause de sa terre et seigneurie de Coudun, il a retiré du sieur Caullier, seigneur du Plessis-Brion, ledit fief, lequel l'aurait acquis de damoiselle Françoise de Vaterre, veuve de Charles Le Cointe, tant en son nom que comme héritière bénéficiaire dudit défunt Jean de Vaterre, pourquoi il soutient la distraction du fief de Boulainvilliers.

Ledit Lefèvre, pour le sieur de Bienville, a dit qu'il est aux droits du sieur Caullier pour vingt-cinq livres de rente et arrérages qui en sont dûs, soutient que, en tous cas, le fief de Boulainvilliers doit être vendu séparément.

Lesdits opposants ont dit qu'il n'y a qu'un seul moyen au sieur de Bienville pour se conserver dans la propriété du fief, en cas qu'il ait acquis icelui, qui est de se charger de toutes les rentes, arrérages, droits, privilèges et autres créances de plusieurs opposants, qui se montent à plus de quatre-vingts mille livres, et pour cet effet de bailler bonne et solide caution, sinon il ne peut empêcher qu'il ne soit passé outre, pour être ledit fief vendu conjointement avec la seigneurie de Margny.

François Crin, procureur de dame Marie de Crespy, veuve du sieur de Parponcher, Me Antoine Loisel. Antoine de Baillon, Gilles Blandin, sieur des Clos, Elisabeth Domvare, veuve de Michel Chevalier et Jean Chambois, tous créanciers de feu Jean de Vaterre, écuyer, sieur de Margny, et demoiselle Blanche Desprez, sa veuve, à présent femme de Louis de Fournel, écuyer, sieur de Beauregard, nous ont remontré, que pour la défense et conservation des droits de tous les intéressés et de tous les créanciers, ils ont dépensé dix-huit cents livres, c'est pourquoi il leur sera remboursé cette somme.

Le vendredi 12 février 1666, Me Charles Bourguignon offre de prendre et accepter la délivrance de ladite seigneurie et se charger des charges seigneuriales et foncières non remboursables, et, en outre, de payer et acquitter les rentes constituées jusqu'à concurrence de cinquante mille livres, compris quatorze cents livres de frais, arrérages courants et frais d'opposition et encore accepter la délivrance du fief de Boulainvilliers, moyennant six cents livres pour une fois, tant en principal que frais, déclarant que les rentes seigneuriales et foncières, dont il entend se charger sont de six vingts livres vers Saint-Corneille, trente-six livres d'argent et deux chapons vers Saint-Lucien de Beauvais, trente livres vers Saint Martin au Bois, le gros du curé, ainsi qu'il est accoutumé d'être payé à Margny, avec ce qui est dû à l'église de Margny et vingt sols parisis vers la Table-Dieu des pauvres.

Lagnier, le procureur de Claude Roger, marchand, demeurant à Plessis-Brion, s'est opposé pour la somme de trois cent quatre-vingts livres à lui due par défunt Jean de Vaterre, par jugement provisoire de l'année 1657, comme aussi ledit Lagnier s'est opposé comme procureur de Mathias Luisin, meunier demeurant à Clairoix pour la somme de trois cent soixante livres à lui due par promesse de demoiselle Blanche Desprez, laquelle somme a été employée au paiement de frais funéraux dudit feu seigneur de Margny.

S'est opposée par l'intermédiaire de François Crin, son procureur, dame Marie de Crespy, veuve de feu de Parponcher, créancière de douze à treize mille livres.

S'est opposé Jean Seroux, seigneur du fief d'Agincourt et de Charly, disant que à cause desdits fiefs, il a droit de cens et sur-cens au terroir de Margny sur plusieurs pièces de terre, prés, vignes et héritages.

Opposant Jérôme de Croüy, procureur des dames de la Congrégation de Notre-Dame de Compiègne, pour somme de deniers à elle dûs par la demoiselle Blanche Desprez, femme et épouse du sieur de Beauregard.

Après plusieurs enchères mises par de Saint-Paul et de Croüy, procureur de M. Louis de Crevant, chevalier, marquis de Humières, il a été fait délivrance à ce dernier de la seigneurie de Margny, fief de Boulainvillers et propres de la demoiselle Desprez, moyennant cinquante-trois mille cinq cents livres, en outre à la charge de cent cinquante livres applicables. savoir, aux pauvres renfermés, cinquante livres, et cent livres à l'auditoire, taxe aux sergents de service, quinze livres, au geolier, douze livres.

(Archives municipales, FF. 182.)

Commission du Parlement

Louis, par la grâce de Dieu, Roi de France et de Navarre. Requête de nos aînés Anne-Bénigne-Thérèse de Béringheim, veuve de Mre Emmanuel Armand, marquis de Vassé, brigadier de nos armées, Emmanuel, marquis d'Hautefort, maréchal des camps et armées du Roi, Charlotte-Alexandrine Sabine d'Heudicourt, veuve de Mre Antoine Antonin, comte de Béthune, lieutenant général des gens d'armes bourguignons et Angélique-Sophie d'Hautefort, veuve en premières noces de Mre Jean-Luc d'Heuzières, marquis de Themines et, à présent, épouse séparée quant aux biens par son contrat de mariage de Mre Henry-Camille, marquis de Béringheim, chevalier de nos ordres et notre premier écuyer, tous ès-noms et qualités, procédant, poursuivant les saisies réelles, criées, ventes et adjudications par décret du duché d'Humières, circonstances et dépendances.

Mandons assigner à certain et compétent jour en notre Cour de Parlement, troisième Chambre des enquêtes qui est saisie par attribution générale par nous aux idées de la connaissance de toutes les affaires et contestations concernant le duché d'Humières et où la saisie réelle s'en poursuit à la requête des exposants, les échevins de la ville de Compiègne et Louis Motel, maître de l'*hôtel de la Pucelle-d'Orléans*, pour voir dire qu'ils procèderont en la Cour sur l'assignation qui a été donnée audit Motel, à la requête des échevins, au bailliage de Compiègne, par exploit du 26 janvier 1749, voir recevoir les exposants en leurs qualités de poursuivants, parties intervenantes dans la contestation ; ce faisant, que ledit Motel sera tenu de continuer de payer à la seigneurie de Margny les cens et surcens par lui dûs, à cause de l'*hôtel de la Pucelle-d'Orléans* qui est dans la censive de ladite seigneurie sur laquelle lesdits échevins prétendent mal à propos avoir droit.

A l'effet de quoi les exposants auxdits noms des poursuivants seront en tant que besoin est, seraient maintenus dans la possession et jouissance desdits cens et surcens sur ladite hôtellerie ; voir prendre telles autres conclusions que les exposants aviseront et sur le tout procéder comme de raison, afin de dépens et déclarera que M. Charles Desjobert, procureur en la cour du Parlement de Paris, demeurant rue des Grands-Augustins, paroisse Saint-André-des-Arts, chez lequel tous les exposants on élu leur domicile, etc. . . . .

Donné en notre chancellerie du Palais, à Paris le 5 février, l'an de grace 1749, et de notre règne le trente quatrième.

Par le Conseil, signé : LE SÉNÉCHAL.

Collationné et signé : GAULTIER.

L'an 1749, le dix-neuf février, après-midi, en vertu de certaine commission de nos seigneurs de la cour de Parlement, du cinq du présent mois signée : par le Conseil, Le Sénéchal, avec griffe, collationnée et scellée et signée Gaultier, à la requête de dame Anne-Bénigne-Fare-Thérèse de Béringheim, etc. J'ai Jean-Baptiste Tricotel, premier huissier audiencier au siège de la police générale de Compiègne, certifie avoir adjourné et donné assignation à MM. les gouverneurs attournés et échevins de la ville de Compiègne, au domicile de M. Antoine Laurent Bullot, secrétaire greffier de la ville.

(*Archives de Compiègne*. DD.)

COMPIÈGNE

IMPRIMERIE HENRY LEFEBVRE

31, RUE DE SOLFERINO, 31

COMPIÈGNE

IMPRIMERIE HENRY LEFEBVRE

31, RUE DE SOLFERINO, 31

www.ingramcontent.com/pod-product-compliance
Lightning Source LLC
Chambersburg PA
CBHW060844180626
46818CB00004B/1581